KB107274

눈꽃

눈꽃

김영성 작품집

쏠트라인
SALTLINE

■ 작가의 말

지난 해 갈대숲을 펴내고 나름 자찬의 시간을 가졌다. 내가 써놓고 나를 칭찬하다니 낯 뜨거운 일이다.

2023년 마지막 날은 새로운 소재를 만날까 기대하면서 식구들과 부산 해운대와 송정을 다녀왔다. 운 좋게 몇 개의 작품을 얻었다.

음력 설날이 다가오기 전에 겨울 이야기를 전해 주려고 나름 서둘렀다.

따듯한 아랫목에서 겨울 이야기와 함께 포근한 시간이 되었으면 한다.

다가오는 2월 매화축제와 함께 올해 봄 이야기를 시작해 보려 한다. 많은 성원을 기대해 본다.

새해 복 많이 받으시길 바란다.

2024. 2. 1. 김영성

차 례

2부

3부

4부

1부

병아리 삼총사

삐악삐악 병아리
소리도 힘차게
줄지어 걸어가네

엄마 꼬꼬
구령 부치는 대로

겨울옷 하얗게 차려입은
눈 병아리 삼총사

숲속 바위 위를
씩씩하게 넘으면서

겨울 한때를
하얗게 즐기고 있나

젊음은 행운의 시간이다

세상을 살다 보면 나름 열심히 살았는데도 결과가 만족스럽지 못한 경우가 허다하다. 나는 왜 안 될까? 고민도 해보고 자신을 자책해보기도 한다.

가만히 지난 세월을 반성해 보면 꼭 목표를 달성하거나 성공하여야 되는 것이 아니라는 것을 알았다.

실패나 좌절에도 다 뜻있는 인생이었다. 무모하게 도전해 본 것도 결국 다 자신의 시련이요 훈련과정이었다.

이렇게 노력하면서 얻은 지식은 하나하나 자신의 지식창고에 고스란히 저장되어 있다가 그 빛을 발할 수도 있음을 기억하자.

게으른 인간은 못 쓰는 흙처럼 쓸모가 없다고 하였다. 게으름보다는 비록 실패하더라도 도전하는 정신으로 자신을 가꾸어야 한다.

지금 생각해 보면 젊었을 때 뼈아픈 고통과 열심히 살려는 노력이 이만큼의 나를 만들었지 않았을까 생각해 본다.

젊음은 행운이다. 실패해도 누가 탓하지 않는다. 아직 기회가 많으니까. 젊어 고생은 사서도 한다는 말이 딱 떨어지는 말이다.

젊은이들이여, 희망과 큰 포부를 가져라. 그리고 도전해 보라. 당장에 큰 성과는 바라지 않아야 한다. 처음부터 좋은 결과를 기대하면 좌절하기 쉽기 때문이다.

먼 훗날 그 고통스러운 삶과 노력이 자신을 흐뭇하게 만들어줄 밑거름이요 자양분이 되었음을 알 것이다.

신은 스스로를 돕는 자에게 행운을 가져다준다고 하였다. 노력하는 자에게 행운이 깃드는 것이다. 한탕주의나 벼락부자 같은 생각은 과감히 버려야 한다. 내 능력을 믿고 자신이 우뚝 설 수 있는 기반을 닦아야 한다.

한때는 생 코피가 나도록 열심히 살았던 과거를 회상하면서 그래도 그때가 참 좋았다는 생각이 문뜩 들어서 오늘의 글을 써본다.

사랑해

사랑해

산길 언덕바지를 지나려니
눈에 박히는 듯

또렷이 새겨진 세 글자
사랑해

누군가 사랑을
이리 소박하게 고백했을까

동구란 두 개의 두툼한 입술
마주 보는 표정으로

겨울 고백이 하얗게
햇살에 부서지면서

메아리로 울려 퍼진다
사랑해

시간의 중요성

19세기 러시아 대문호 표도르 미하일로비치 도스토예프스키의 이야기를 하려고 한다.

도스토예프스키는 러시아의 모스크바에서 아버지 미하일 안드레예비치 도스토엡스키와 어머니 마리야 표도로브나 도스토엡스카야 사이에서 7남매 중 둘째로 1821년 11월 11일에 태어났다. 어머니는 러시아인이지만 아버지 쪽은 리투아니아 출신의 의사였다.

1848년 유럽에서 불던 혁명 바람에 이끌려 도스토예프스키도 농노들의 자유를 위하는 모임에 가담했다.

그러나 개혁 모임에 스파이가 있어서 1849년 도스토예프스키와 가담한 사람들이 체포되고 말았다. 8개월의 감옥 생활 끝에 사형 선고를 받았다.

도스토예프스키는 정신이 멍해지면서 죽음의 세계로 떨어지게 된다는 것을 깨달았다고 한다.

이때 도스토예프스키는 간절하게 생각했다. 만약 내가

죽지 않는다면, 만약 산다면 나의 삶을 "1분을 백 년과 같이, 단 1초를 소홀히 하지 않을 텐데"라고 후회하였다.

마지막으로 신부에게 고해성사를 한 후, 머리에 두건이 덮이고 병사들이 총을 발사하기 직전에 갑자기 형장에 마차가 급히 나타나 황제가 특사로 그들의 형을 감형하였음을 알렸다. 당시 황제는 정말로 처형할 생각은 없었고, 젊은이들에게 본때를 보여주겠다며 처형 쇼를 한 거였다.

대신 4년간 시베리아 옴스크에서 중노동 후 군 입대를 하였다. 4년간의 군 복무를 마치고 1854년 석방되었다.

도스토예프스키는 이 사건 이후로 시간을 아껴 열심히 작품 활동을 해서 죄와 벌, 백치, 악령, 카라마조프가의 형제들 등 불후의 명작을 집필하였다. 그 외에도 많은 작품들이 있다.

사형대 앞에서 시간의 중요성을 깨달은 한 남자의 성공 스토리이다. 우리도 이제 1분 1초가 아깝다는 정신으로 열심히 살아야겠다고 이 시간을 통해 결심해보자.

설경

간밤에 그려낸 설경
눈 감고 그려낸 설경

덧칠하고
뿌려놓은 대로
작품이다

이 모습 담아
저장해 놓을까
겨울이 그린 설경

무더운 여름
꺼내 보게

역할 충실하기

사람마다 현재 처해 있는 상황이 다르다. 나이, 성별, 직업, 가족 구성원, 국가의 국민, 사회적인 활동, 종교 활동 등 그 밖에도 다양한 상황에 처해 있다.

처해 있는 상황에서 자신이 해야 할 역할이 주어진다. 주어진 역할에 충실했을 때 인간으로서 후회 없는 삶을 살 수 있다고 본다. 현재의 자리에서 자신의 역할을 다함으로써 자신을 비롯한 가정, 지역사회, 국가가 튼실하고 행복해질 수 있다.

나이대별로 삶을 살펴보면 어린이는 어린이다워야 하고 학창시절에는 학업에 열중하여야 한다. 중년에는 아버지와 어머니로서 가정을 지키며 직업에 충실하여야 한다. 노년에는 할아버지와 할머니로서 가족이나 사회에 기여하는 일을 만들어야 할 것이다.

성 역할로서는 남자와 여자의 역할이 있다. 아무리 평등을 부르짖지만 신체구조가 다름은 변명할 수 없다. 따라서 자연스럽게 남자로서 할 일과 여자로서 할 일이 생겨나리라고 본다. 자연의 생리를 거스르면 모두가 불편해 질 수 있다.

직업에서의 역할은 우리의 생계와 관련이 된다. 각자 자신의 직분과 업무에 충실하여야 한다. 이는 지역사회발전과 국가발전에까지 영향을 준다.

국가적인 입장에서 국민의 역할도 있다. 정해진 법규에 잘 따라야 사회질서가 바로 설 수 있다. 헌법에 주어진 이념에 따라 단합하여야 사회혼란을 막을 수 있다. 때에 따라서는 자신의 안위보다 국가의 안위가 우선하는 자세가 필요할 수 있다. 국민으로서의 역할을 다할 때 국가는 안정된 힘을 가질 수 있기 때문이다.

이처럼 각자의 역할은 여러 방면에서 다르고 그 효과도 다르다. 각자의 주어진 자리에서 자신의 역할을 다할 때 행복한 사회가 이루어지리라고 본다.

지금 처한 상황을 보면서 자신의 역할에 대해 생각해 보는 시간이 되었으면 한다.

나비 날개 빛

밤공기 차가운
황량한 모래사장

빛을 불러
잠든 나비를 깨우니

나비 날개 빛에
빠져드는 사람들

나비도 사람들도
나비가 되어
빛을 수놓는다

멘토mento

멘토란 말은 영어에서 '스승'을 뜻한다. 이 단어는 그리스신화 중 오디세이아Odyssey에 나오는 오디세우스의 충실한 조언자 멘토르Mentor에서 유래한다.

조언자나 스승 역할을 하는 사람을 멘토mentor, 조언 받는 사람을 멘티mentee라고 한다. 체계적으로 조언을 받는 과정을 '멘토링'이라고 한다.

멘토는 경험과 지식이 많은 사람이면 더욱 좋고 나를 허심 없이 봐주는 사람이어야 한다.

멘토링을 받음으로써 자신의 발전도 기할 수 있고, 잘못을 반성할 수도 있으며, 여러 가지 상황이나 위기를 헤쳐나갈 수도 있다.

멘토자로는 상담자, 스승, 친구, 주변에서 신뢰할 만한 자, 나에게 진정한 조언이나 충고 등의 가르침을 줄 수 있는 사람이다.

한스 크리스티안 안데르센이 지은 동화에서 벌거벗은 임금님을 읽어 보았을 것이다. 원제는 1837년 작 '황제의 새로운 옷Kejserens nye Klæde'이라는 동화로서, 일본 출판

사로부터 "벌거숭이 황제의 새로운 옷 임금님"으로 한국에 전래되면서 벌거벗은 임금님으로 번역되었다고 한다.

기본 줄거리는 임금이 사기꾼들에게 속아서 나체로 거리를 돌아다닌다는 이야기로, 세계적으로 많은 어린이들 사이에서 읽히는 동화며 벌거숭이 임금님이라고도 불린다. 허영심에 사로잡혀 있는 고위층의 사람들을 풍자하기 위한 우화이다.

어느 한 사기꾼이 임금에게 보이지 않는 옷을 제안한다. 단 이 옷은 "멍청한 사람 눈에만 안 보인다."라고 거짓말을 하였다. 임금을 보좌하는 신하들도 멍청이란 말을 듣기 싫어서 사실대로 말을 못 한다. 임금은 이 거짓 옷을 입고 거리를 행진하는데, 보고 있던 어린아이는 보이는 대로 임금님이 벌거벗었다고 말하였다. 이를 들은 백성들이 폭소했지만 왕은 창피해도 체통 때문에 행진을 감행했다는 이야기이다.

이 우화에서도 우리는 멘토의 중요성을 느꼈을 것이다.

우리 주변에는 많은 사람이 있으나 진정 나를 바로 봐줄 사람이 몇이나 될까 생각해 보는 시간이 되었으면 한다.

티칭Teaching과 코칭Coaching은 1대 다수의 개념을 포함한 교육이라면, 멘토링은 1 : 1의 교육개념을 가진다.

낙엽의 꿈

눈 덮고 자던 낙엽이
깨어나고 있다

하얀 눈 이불 속에서
태양이 품어준 열기를 받아
조금씩 몸을 내민다

차가운 날들을 녹이고
새 생명을 얻은 것처럼

서서히 모습을 드러내어
세상을 처음 대하듯 깨어나는

낙엽의 꿈은 무엇일까

싫증

우리는 모든 일에 싫증을 느끼며 살아간다. 처음에는 호기심으로 다가가서 열중하다가도 시간이 지나고 반복이 겹치면서 권태를 느끼는 것이다.

그런 예로 몇 가지 들어볼 수 있다.

• 좋은 노래도 자꾸 들으면 소음으로 변할 수 있다.

• 즐거운 놀이도 오랫동안 하게 되면 재미가 사라질 수 있다.

• 사탕처럼 달디 단 과자도 많이 먹으라 하면 몸에서 거부반응이 일어날 수 있다.

• 처음 보아 예쁜 사람도 자주 보다 보면 별다른 느낌이 없어질 수 있다.

• 사랑스러운 애인 관계도 오래 사귀다 보면 시들해질 수 있다.

• 부부관계도 중년이 되면 권태기가 찾아올 수 있다.

이처럼 반복되는 일상에서 처음에는 만족감을 갖다가도 시간에 비례하여 만족감이 서서히 사라지는 것이 인간의 본질이라 생각한다.

일상에서 이런 심리를 이해하지 못하면 불만만 토로하고 고민에 시달릴 수 있다.

이처럼 싫증은 인간의 생리적인 현상일 수 있다. 이를 잘 이해하고 그에 대응해야 권태감이나 고통, 불편, 증오, 불평 등을 줄일 수 있다.

싫증현상을 방치하거나 너무 참으면 많은 문제점을 가져올 수도 있다. 싫증에 대처하고 해소하는 방법을 나름 제시해 보면 다음과 같다.

• 싫어지는 마음이 생기면 그만둔다. 굳이 참으려 하면 몸에 이상 반응이 올 수 있다. 건강에도 안 좋을 수 있다.

• 항상 새로워지려고 노력해야 한다. 독서를 즐기는 등 마음의 수양을 쌓아야 한다. 배울 거리를 찾아 새롭게 변신해 볼 수도 있다.

• 중용의 태도가 중요하다. 만족을 탐하고 넘치면 오히

려 해로울 수 있다. 먹고 즐기는 것도 적당한 선을 잡는 게 중요하다.

• 기분 전환의 방법을 찾아본다. 항상 같은 생각과 행동을 하다 보면 지루한 삶이 될 것이다. 취미생활로 기분을 푸는 등 자신만의 방법을 찾아볼 수 있다.

• 거리감을 두는 방법이다. 때로는 떨어져 생활해 보기도 하고 자신만의 생활권을 가져보는 것도 좋다고 본다.

• 자신보다 어려운 처지에 있는 사람들을 떠올려 보는 것이다. 진정 내가 어려운 처지에 있는 사람인지 반성해 보는 것이다.

• 인간관계에 있어서는 서로 간에 권태를 해소하려는 노력이 필요하다. 여행 등의 특별한 이벤트를 하거나 가끔은 색다른 방법을 생각해 볼 수 있다.

• 자신을 늘 가꾸어야 한다. 남에게 싫증의 대상이 되지 않으려면 자신을 늘 가꾸는 자세가 필요하다. 외모는 물론이고 교양 등의 면에서도 계속적인 수양이 필요하다. 무엇보다 건강하여야 사람이 따른다.

• 매사에 감사의 마음을 갖는다. 싫증을 말하기 전에 작은 일에도 감사하는 마음을 갖는 태도가 중요하다.

사람이 서 있다가 앉으면 눕고 싶고 누우면 자고 싶다. 인간의 욕망은 한정이 없다는 것이다. 매사에 감사하는 마음을 가지고 살아야 싫증도 해소되고 나뿐만 아니라 모두가 행복해 질 수 있다.

흐르는 물이 막혀 고이면 썩듯이 우리들의 마음도 마찬가지이다. 기분전환이 매우 중요하다고 본다.

약수터에 약수물이 계속 흘러나오듯이 새로운 기운을 만들어가는 가는 것이 필요하다,

새로움에 꿈과 희망을 갖고 도전하면서 끊임없이 자신을 가꾸어 가는 것이 싫증을 극복하는 길이다. 더불어 절제하는 생활도 중요하다고 본다.

어등산 자락에서

물고기 닮은 산이라 하여
어등산漁燈山

겨울을 맞이한 산자락에서
잠시 생각에 잠긴다

겨울 하늘 맑은 산중턱
공포의 포성 소리 어디 가고

골프공이 대신
소리를 내어 나르는고

뭇 새들은 아픈 세월을
아는지 모르는지
때를 모르고 지저귄다

나를 위해 살자

대금경연대회를 준비하느라 며칠 무리했더니만 지독한 감기에 걸렸다. 당일 저녁은 두통 때문에 거의 뜬눈으로 밤을 지새우고 말았다.

다음 날 병원을 찾아 약을 지었다.

건강이 우선이라고 항상 입버릇처럼 말하지만 이행하기가 쉽지 않다. 눈앞에 목표의식을 갖거나 명예가 딸린 것에 집착하다 보면 무리하지 않을 수 없다. 특히나 열악한 여건의 직장생활에서는 더욱 그럴 것이다.

건강에 시간을 더 할애하고 싶어도 일상에 쫓기다 보면 그것도 쉬운 일은 아니다.

그러나 가만히 생각해 보자. 나를 가장 잘 알아주는 이는 자신이다. 나에게 가장 잘 해줄 수 있는 이도 자신이다. 이런 자신을 무리하거나 학대로 인해 건강이 무너진다면 모든 게 무너지는 것이다.

때로는 나를 위해 휴식도 필요하고 긴장을 풀 수 있는 오락이나 음악 감상, 영화 감상 등이 필요하다. 좋아하는 운동이 있다면 땀이 나도록 열심히 해 보는 것도 좋다.

새로운 충전을 위해서는 여행을 떠나보는 것도 좋다. 훌륭한 맛집을 찾아 음식 맛으로 행복을 느껴보는 것도 좋다. 마음에 맞는 친구를 만나 차 한 잔의 여유를 가져보는 것도 필요하다고 본다. 날 좋은 날 산에 오르거나 바다 모래밭을 맨발로 걸어보는 것도 좋다.

이 밖에도 자신이 좋아하는 것을 맘껏 해보면서 긴장을 풀어보자.

사회를 위한 희생과 봉사도 좋지만 우선 나를 돌보는 것이 먼저라고 생각한다. 언제 어디서나 나를 위해며 살아야 할 것이다.

해돋이

많은 이들이 새해를 염원하는
해맞이 길을 나섰다

바다 수평선이 아닌
구름 위의 해일지라도

마음을 조이며 들뜬 마음으로
해돋이를 보는 날

각자가 어떤 염원으로
해맞이를 할까

갈망하는 염원은 주문하지 못하고
멋있는 해돋이만 기대하고 말았다

정작 바라는 새해의 염원은
까마득하게 잊어버리고

운명運命

새해를 맞이하면 무속인이나 철학관을 찾아 신수를 많이 본다. 인간의 나약한 마음과 미래를 향한 불안감 때문이라고 본다.

나는 운명론을 거부하지 않는다. 이제까지 살아오면서 경험한 바로는 그게 맞을 수도 있다는 생각에서이다.

어떤 이는 공부를 잘해서 칭송을 받는가 하면 반대로 항상 바보처럼 뒤처지는 사람이 있다. 과학적으로 말한다면 유전적인 요인일 수 있다.

어떤 이는 대운을 만나 큰 부자로 사는가 하면, 반대로 박복하여 항상 빈곤에 시달리는 사람이 있다.

이런 여러 가지 상황을 살펴볼 때 누군가는 우뚝 서고 잘되는 사람이 있는가 하면, 그 반면에 고달픈 삶을 사는 사람이 있다. 이게 어찌 보면 운명에 의한 삶의 모습이 아닐까 생각해 본다.

모든 일이 이미 정해져 있다는 연극 같은 삶을 말한다.

물론 운명론을 강하게 비판하는 사람들도 있다. 오직 사람의 뜻에 의해 모든 일이 이루어진다고 믿는 사람들이다.

나는 운명이란 존재한다는 전제하에 삶을 살아간다면 마음이 편해질 수 있다고 생각한다.

사람의 능력은 다 똑 같을 수 없다. 특히나 집단생활을 하다 보면 명확히 나타난다. 어찌 보면 타고난 운명일 수 있다는 것이다.

우리가 살아가다 보면 경쟁이란 것을 벗어날 수 없다. 한정된 테두리를 유지하기 위해서다. 당장 직장을 보아도 필요한 인원만이 근무를 한다. 누구나 원한다고 그 직장에 막무가내로 들어갈 수는 없다. 그러다 보면 자연스럽게 어떤 기준에 의해 경쟁이 이루어진다. 각종 경연대회에서 상위권의 순위를 가르는 것도 마찬가지이다.

이런 경쟁적인 면을 지켜보면 반드시 앞서가는 사람이 있다. 또한 사람의 능력으로는 예상하기 어려운 뜻밖의 변수가 생기거나, 생각지 못할 일들이 발생하기도 한다. 즉 우리가 말하는 운명적인 상황이 벌어지는 것이다.

그렇다고 운명론만을 믿고 일을 포기하거나 나태한 삶을 살아간다면 인생에 흥미도 없고 자기 발전도 없다.

어떤 일에 낙오되거나 실망이 따른다 하더라도 거기에 순응하는 게 신의 섭리요, 인간의 도리가 아닐까 생각한다.

실패한 많은 사람 속에서 성공한 사람이 돋보이게 되어 있다. 많은 사람의 경쟁에서 뽑힌 자나 이긴 자가 더 위대해 보이고 부럽게 보이는 이유일 것이다.

이런 경쟁에서 패배한 사람들이 있기에 승자가 더 크게 부각되는 것이다. 승자나 패자나 다 운명적인 게임이라고 본다. 실패도 운명이라고 보는 것이다.

어떤 일에 실패하거나 패했다고 낙담하지 말고, 때로는 운명적인 삶에 기대여 보면, 마음이 한결 편해질 거라고 본다.

결론적으로 운명을 뛰어넘는다는 마음가짐으로 세상을 열심히 살다 보면 기쁨도 생기고 좋은 날도 있을 거라 생각한다. 우리 인간은 주어진 삶에 한 세상 열심히 그리고 보람 있게 살아보는 것이 숙명이 아닌가 생각한다. 삶에는 항상 여러 우여곡절이 존재하고 우리가 바라는 대로 이루어 질 수는 없다. 생명이 있는 한 열심히 살아 보는 게 운명에 대항하는 인간의 자세라고 본다.

2부

눈 새

차가운 칼바람 속에
눈 새가 앉아있다

차디찬 겨울이야말로
내 세상이라고
당당하게 지저귀는 새

추울수록 목소리가 커지는
지금은 눈 새의 계절

동요가 듣고 싶다

동요란 아동들의 생활습관이나 심리상태를 시적으로 표현하여 리듬을 붙인 노래이다.

노래는 뇌를 활성화하고 마음을 안정시켜주며 기억력 강화 효과가 있다. 그리고 통증완화, 감정조절, 정서순화, 분위기 개선, 스트레스 해소, 발음개선 효과 등 음악의 효과는 실로 다양하다.

음악은 잔치, 각종 행사, 단합, 흥 유발, 엄숙함 조성, 질병 치료 등 다양한 면에서 활용되고 있다.

음악의 종류에도 고전음악(클래식), 오페라, 전통음악, 재즈, 블루스, 팝, 록, 종교 관련 음악, 힙합, 가곡(성악), 민요, 디스코, 맘보, 스윙, 트로트(대중가요, 뽕짝), 교향곡(심포니, 교향악), 발라드(스토리를 가진 노래), 경음악 등 그 밖에도 다양하게 많다.

음악의 종류에 따라 노래는 장소나 나이, 취향, 목적 등 여러 가지 조건이나 상황에 따라 다양하게 불리어 진다.

어린이는 어린이다운 노래를 부르면 좋다고 생각한다. 나의 학창 시절에는 등교시간, 점심시간, 귀가시간 등에 학교에서 동요나 가곡을 들려주었다. 지금도 기억이 생생하다. 해맑고 깨끗한 어린이의 목소리와 울림이 있는 노래 가사가 참 좋았다.

요즘은 텔레비전에서 버젓이 어린이에게 어른들이 부르는 사랑이니 이별 등의 노래 부르기 시합을 한다. 참 씁쓸해 보인다. 커서 불러도 되련만 뭐가 그리 좋다고 그러는지 한심스럽다는 생각까지 든다. 문제는 이런 분위기를 조장하는 어른들이 문제라고 본다.

동요는 따라 부르기 좋고 전파력이 강하기 때문에 민심을 수습하는 데도 사용될 정도이다.

맑고 깨끗한 어린이들의 심성을 길러주기 위해서는 동요만큼 좋은 게 없다고 본다. 어린이들이 있는 곳에 동요가 울려 퍼졌으면 한다.

겨울 다람쥐

다람쥐가 나무에 올라

겨울 한 때를 즐긴다

내리는 하얀 눈으로

하얀 털옷 지어 입었나

친구들은 따뜻한 방에서

겨울잠을 잘 텐데

눈송이 다람쥐

겨울을 더 좋아 하나 봐

노동의 가치

노동이란 사람이 생활에 필요한 수입원을 얻기 위해 육체적으로나 정신적으로 일을 하는 행위이다. 여기에서의 노동이란 포괄적인 의미이다. 어떤 직업이나 작업형태를 따지지 않고 대가만을 받는 행위라고 볼 수 있다.

헌법 제32조 1항에 "모든 국민은 근로의 권리를 가진다."라고 되어 있다. 이런 의미에서 국가는 일자리 창출과 직업교육 그리고 작업장 환경 개선 등에 관여하여 모두가 안전하고 즐겁게 일에 전념하도록 노력하여야 한다고 본다.

생계유지를 위해 반드시 필요한 것이 노동이다. 그러나 노동을 하다 보면 고통과 인내가 필연적으로 따라야 하고 일정한 시간을 소비해야 한다. 여가 생활도 제한을 받게 된다.

노동은 신성한 것이라고 본다. 우리 사회가 건전하고 올바른 분위기를 갖는 것은 일하는 사회라고 감히 부르

짖고 싶다. 노동은 즐거운 마음으로 해야 한다. 우리의 삶을 유지해주고 의식주를 해결해 주며 풍요를 가져다주기 때문이다.

노동에 있어서도 귀천을 따지면 안 된다. 누군가는 해야 할 일들이다. 노동은 그 자체로 신성하고 인류를 위해 희생하는 봉사이기 때문이다. 따라서 남을 괴롭히거나 피해를 주는 범죄행위는 노동의 범주에 들어가지 않는다.

과거 우리나라는 양반 우상 국가였다. 이제는 시대가 바뀌었다. 이런 신분사회가 없어지고 평등한 사회가 된 것이다. 민주주의 사회는 모두가 평등하다고 보아야 한다. 옛날 상놈의 일이라고 천시하거나 치부하는 행위는 큰 잘못이다.

이제는 직업의 귀천을 따지지 말고 소신을 가지고 일해야 한다. 이런 노동의 어울림이 서로 간의 삶에서 편리한 사회를 이끌어 가고 있다. 필요한 일자리에 누군가가 없다면 당장 불편함을 느낄 수 밖에 없다.

노동에서 자신만의 기술을 습득하고 터득하여 그 분야에서 훌륭한 숙련인이 되거나 전문인 등 기술자로 우뚝 선다면 개인적으로나 사회적으로 우대되어야 한다고 생각한다. 그래야 많은 기술자나 전문가를 양성할 수 있기 때문이다.

노동에 대해 잘못된 이념적 가치를 부여해서는 안 된다. 노동은 우리의 생존과 관계되기 때문이다. 노동은 그 자체로 신성한 것이다. 잘못된 이념이나 사상을 부여하면 오히려 사회를 병들게 하고 국가나 사회에 혼란을 가져다줄 수 있다.

노동의 가치 교육은 현재 우리 사회에서 필요하다고 본다. 누구나 일 할 수 있는 분위기를 만드는 세상이 되었으면 한다.

노인 일자리에 관하여는 노인이라고 무시하거나 폄하해서는 안 된다. 시대나 일거리에 맞게 일자리를 제공하는 것이 바람직하다. 노인 중에도 건강한 베테랑이 많이 있다는 것을 잊어서는 안 된다.

현재 우리나라의 힘든 일자리는 외국인으로 채워지고 있다. 일자리가 없어서가 아니라 힘든 일자리 회피에서 오는 현상이다.

일자리에 관한 연구가 꾸준히 이루어져야 하리라고 본다.

국가적으로나 사회적으로 일하는 풍토 조성이 무엇보다 중요하다. 개개인의 국가적인 복지만을 주장할 것이 아니라 노동의 가치를 중히 여겨야 한다고 본다. 모두가 보람차고 행복한 삶을 영위하기 위해서이다.

노동의 가치 속에 사회적 활기가 넘치는 미래의 분위기를 꿈꾸어 본다.

하얀 목도리

한 겨울 소나무

하얀 목도리 둘러메고

따뜻하게 보내고 있네

파란 하늘을 우러러

한껏 멋 부리며

콧노래 부르고 있네

청소년들은 우리의 미래다

산행하면서 우연히 청소년들과 마주쳤다. 발랄한 모습으로 반갑게 인사를 하였다. 지나치는듯한 인사말이었지만 흐뭇하였다. 발랄한 모습에서 우리나라의 미래와 희망을 보는 듯하였다.

청소년들은 장차 우리나라를 이끌어가야 할 주역들이다. 그리고 우리의 꿈이기도 하다. 우리가 미처 이루지 못한 꿈들을 실현시켜줄 주역들이다.

지금의 교육은 학교에서만 이루어지는 것이 아니다. 교육에 관련된 매체가 많이 발전되었다. 거기에다 휴대폰을 끼고 사는 청소년들에게는 더욱 접근성이 좋아졌다.

이런 청소년들을 위해 유튜브 등에서 방영되는 자료의 중요성이 부각될 수밖에 없다. 흥미 위주보다는 교육적인 측면이나 세상을 바로 볼 수 있는 의식 능력을 키워주는 내용이 많이 제작되었으면 하는 바람이다.

표현의 자유도 좋지만 가짜뉴스나 국민들을 우롱하는

내용, 잘못된 정보 등은 통제되어야 한다고 본다.

앞으로는 이런 매체에 대해 법을 제정하거나 기본 지침이 마련되어 무분별한 자료 난립을 막아야 한다고 본다.

유해한 내용은 청소년들에게 나쁜 영향을 주기 때문이다. 사회에 반하는 내용도 통제해야 하지만 더 나아가 국가에 반하는 내용도 통제되어야 하리라고 본다.

청소년의 교육은 우리 모두의 몫이다. 학교 교사에게만 맡기는 시대는 지났다. 청소년들 앞에서 어른들은 항상 모범적인 태도를 보여야 하고 잘못된 행동에 대해서는 조언해 줄 수 있는 용기가 필요하다.

청소년에 대한 방관이나 회피는 장차 우리의 미래를 어둡게 할 수도 있다. 먼 미래를 생각하면서 청소년들에게 힘을 보태주자. 그리고 바른길로 인도해 주자. 함께 행복한 미래를 꿈꾸어 보자.

청소년들은 우리의 미래다.

첫사랑

— 노래시

첫사랑 맺어지던 날
활짝 핀 꽃을 보았지
눈부신 사랑스런 꽃을
향기에 취해
사랑에 취해
불같은 사랑
꿈꾸었던 첫사랑

(1절) 후렴
아~ 행복했던 첫사랑
그리운 얼굴
아름다웠던 시절

(2절) 후렴
아~ 가슴 아픈 첫사랑
그리운 얼굴
아름다웠던 시절

쾌락을 다스려라

쾌락이란 감성의 만족에서 오는 희열이나, 욕망의 충족에서 오는 유쾌한 즐거움이라 말할 수 있다. 쾌락은 한자로 快樂이라고 쓰이며, 쾌히 승낙함이라는 뜻도 있다.

쾌락은 육체적으로나 정신적으로 다양하게 느낄 수 있다. 쾌락의 반대되는 개념은 고통이라고 본다.

벤담은 "쾌락이 곧 행복이며, 최대 다수에게 최대의 쾌락을 가져다주는 것이 선善이다."라고 하였다.

쾌락을 즐기고 추구하는 것은 동물적 본능이고 일상의 즐거움이며 자아실현에서 오는 성취감일 수도 있다. 따라서 남에게 피해를 주지 않고 삶의 테두리 안에서 즐기는 것은 문제가 되지 않는다고 본다.

여기에서는 육체적인 쾌락 중 성욕에 관한 이야기이다.

철학자 에피쿠로스는 "성욕은 남한테 피해나 안 주면 운 좋은 거다."라고 말했다.

남녀 간에 이성적인 육체적 관계에서 쾌락을 추구하다 보면 많은 문제점을 낳을 수 있다.

무분별한 성생활은 방탕을 가져올 수 있고 경제적으로도 많은 낭비를 가져올 수 있다. 어떤 목표를 염두에 두고 있을 경우 그 달성에 방해요소로 작용할 수 있다. 또한 많은 시간도 낭비해 버릴 수 있다.

성적 쾌락을 극단적으로 추구할 경우 범죄행위로 이어져 자칫 자신의 인생이 파탄 날 수도 있다.

영화나 소설 속의 야릇한 장면을 연상하면서 이를 실행해 보려 하는 경우도 있다. 친구나 지인의 경험담을 듣고 호기심을 유발할 수 있다. 각종 음란물을 섭렵하면서 모방심리를 가져올 수도 있다. 우연찮게 시각적 유혹에 끌려 범죄를 저지르는 경우도 있다.

이처럼 성적 욕구를 유발할 수 있는 유혹이 항상 도사리고 있다. 지금의 현실은 성범죄에 대해 예민하고 강하게 처벌하는 경향이 있음을 알아야 할 것이다.

쾌락은 멀리해도 삶의 의미가 약화될 수 있다. 그렇다고 쾌락에 너무 집착하게 되면 큰 오점을 남기게 됨을 명심하여야 한다.

쾌락을 잘 다스릴 줄 아는 것도 지혜롭고 현명한 삶이 아닐까 생각해 본다.

눈 참새

하얀 옷을 입은 참새

눈 참새가 되었구나

소복눈 내리더니만

요술쟁이 눈이

눈 참새를 만들어

겨울을 노래하게 하니

겨울이 왠지 더 겨울답구나

예쁘게

장구를 배우는데 처음에는 자세 잡아 치는 것만으로도 벅차다. 팔뚝과 어깨도 아프고 허리도 아프다. 채잡은 손바닥이나 손가락이 아플 수 있다.

그다음 과정은 장단을 쳐야 한다. 장단을 치다 보면 틀린 장단이 나올 수도 있고 자기 생각대로 잘 쳐지지 않는다. 장단을 잊어 먹기도 한다.

그러나 장단을 열심히 연습해서 칠 수 있다면 다음에는 소리가 예쁘게 날 수 있도록 쳐야 한다.

장단만 잘 친다고 다 되는 것이 아니다. 소리 다음에는 치는 모습도 예뻐야 한다. 이것이 예술가의 경지에 오르는 길이라 본다.

거의 모든 예술이 그렇다. 악기뿐만이 아니라 노래도 목소리를 예쁘게 내야 하고 예쁜 안무도 추어야 가수로서 칭송을 받는다.

서예도 종국에는 균형을 잡아 예쁘게 써야 한다.

예쁘게 할 수 있는 경지에 오른다면 프로의 경지에 오른 거나 마찬가지라고 본다.

예술인들은 예쁘게 소리가 나고 예쁜 동작이 나올 수 있도록 하기 위해서는 피나는 노력을 해야 한다, 타악기로서 예쁜 소리를 내려면 많은 시간을 들여 두들겨 보아야 한다. 가수는 셀 수 없을 만큼 노래를 반복해서 불러보아야 한다.

남보다 솜씨가 좋다는 말을 들으려면 "예쁘게"란 단어를 기억하는 게 좋다.

예쁘게란 말은 악기를 배우면서 들은 말이다.

예쁘게란 말에 큰 철학과 의미가 있다고 본다.

일상생활에서도 우리가 적용할 수 있는 단어가 아닌가도 생각해 본다.

"몸과 얼굴을 예쁘게 치장한다."는 말과 "예쁘게 말하고 걷는다." 등 일상에서도 흔히 쓰일 수 있는 말이기도 하다.

예쁘게란 단어를 잘 음미해 보고 이해할 수 있다면 실생활에 있어서도 많은 도움이 되리라고 생각한다.

사랑
— 노래시

사랑이 끝나면
아픔만 남아요
아픈 사랑을
왜 하나요
사랑할 때는
달콤함에 빠져
아픔 같은 것은
생각하지 않아요
이별 없는 사랑
하면 되잖아요
그런 사랑이
그리 쉽나요

(1절) 후렴
아픈 사랑은 싫어요
영원한 사랑 할래요

(2절) 후렴
아픈 사랑은 싫어요.
보석 같은 사랑 할래요

말조심

우리가 말을 안 하고는 살 수 없다. 소통할 수가 없기 때문이다. 그러나 말의 단점은 회수가 어렵다는 것이다. 한 번 뱉어진 말은 모든 것을 대변하게 하는 표현이 되어버린다. 쏟아버린 물과 같다고 할 수 있다.

말을 해놓고 말썽이 되면 정정한다고 사과도 하고 용서도 구하지만 그 의미는 이미 본마음으로 전해졌기 때문에 미약하다. 잠시 위로를 전할 뿐이다.

내 마음의 사연들을 때로는 숨겨야 하고 직선적인 표현보다는 우회적인 표현이 좋다. 그리고 긍정적으로 표현해야 한다.

특히나 나의 약점이나 비밀을 상대에게 말하면 손해일 수 있고, 치명적인 문제를 낳기도 한다. 여기에서 조심해야 할 말들에 대해 살펴보겠다.

첫째 나의 사생활을 털어놓거나 공개하면 안 좋을 수 있다. 때로는 비판의 대상이 되거나 약점으로 작용할 수 있다.

둘째 지나간 과거의 잘못을 들추어 말하는 것도 안 좋다.

셋째 돈 자랑 등 자신의 자랑거리를 말하는 것도 안 좋다. 상대방의 시기심을 유발할 수 있다. 자랑거리가 오히려 화근이나 약점으로 작용할 수 있다.

넷째 자신의 중요한 목표는 숨기는 게 좋다. 말하면 방해를 받을 수 있다.

다섯째 비밀이야기는 말하지 않아야 한다. 자신의 비밀뿐만 아니라 가족, 친구, 직장, 지인 등 모두 포함 되는 말이다.

여섯째 재능을 말하거나 쉽게 보여줘도 안 좋다.

일곱째 대화중 욕설은 하지 않아야 한다. 논쟁 중 욕설은 자신의 패배를 표현하는 거나 다름없다. 자신의 신상에도 안 좋다. 자신의 지성과 인격의 치부를 드러내는 격이다.

그 밖에도 삼가야 할 말들은 많이 있다. 대화중에도 항상 생각하고 판단하여 말하는 습관을 들여 보자. 말 한마디로 천 냥 빚도 갚지만 반대로 나와 평생 원수가 될 수 있음을 명심하여야 할 것이다.

동무 생각

— 노래시

(1절)

동무여 내 동무여

웃음꽃 활짝 피워

뛰놀던 집 마당

서로 잡던 그 손길

아직도 따뜻한데

세월 가고 나니

그리움뿐이구나

(2절)

동무여 내 동무여

꿈길 같은 그 시절

다시 느껴보고 싶구나

제 갈 길 찾아 떠나버린

동무들 어디에 있을까

그때 동무들 모습

가슴에 묻으리

(3절)

동무여 내 동무여

꿈길 같던 그 시절

보고 싶고 그리워라

그 시절이 좋은 땐 줄

이제야 알고 나니

동무들은 저 멀리

사라져 버렸네

의심증疑心症

우리가 살아가면서 상대방에 대하여 의심을 품는 경우가 많다. 의심의 대상은 딱히 정해진 것이 없이 누구나 될 수 있다.

여기에서 일반적으로 하는 합리적인 의심은 정상적이라 할 수 있다. 그러나 정도에 지나쳐서 정상적인 생활이 어려운 경우에는 문제가 있다.

집착된 의심은 귀신을 불러오는 병이라 하여 의심에 의심을 낳아 자신의 에너지가 고갈되면서 신체적 이상이 오거나 정신적으로 피폐해질 수 있다.

합리적인 의심이 아니고 집착에 의한 의심이라면 이를 해소하여야 한다. 그렇지 않으면 심각한 문제를 만들 수 있다.

나쁜 의심에 빠지면 모든 일들이 의심으로 휘말려 들어간다. 관계없는 건에 대해서도 소설처럼 상상에 의한 연관을 만든다. 이 얼마나 피곤한 일인가?

이런 의심을 떨쳐내고 벗어나기 위한 방법을 나름 제시해 본다.

• 의심 건에 대해 객관적으로 이해하려고 노력한다. 남의 의견이나 조언을 들어보는 것도 좋은 방법이다.

• 의심에 대해 긍정적으로 생각해 본다. 모든 의심은 부정적인 생각에서 비롯된다.

• 의심하는 자신에게 질문을 해본다. 무엇이 문제인가? 의심의 실체는 무엇인가? 냉정한 판단을 방해하는 것은 무엇인가? 원인을 알면 바로 풀어질 수 있다.

• 의심에 대해 왜곡이나 오해가 없는가를 알아본다. 상황을 분석하고 관찰해 보는 방법이 있다.

• 의심 상황을 넓게 본다. 나쁜 의심은 편협된 생각에서 생겨난다.

• 의심 해결을 타인에게 의지하지 않는다. 의심은 자신이 이해하고 해결하여야 할 문제이다.

• 명상법이나 호흡법 등을 이용해 긴장을 풀어본다.

• 스트레스 해소 방법을 강구해 본다.

• 등산이나 산책 등 자신의 시간을 가지면서 곰곰이 해

결 방법을 생각해 본다.

• 완벽주의에서 벗어나는 게 좋다. 꼼꼼한 성격에서 의심증이 발생할 수 있다.

• 포기가 답일 수도 있다. 중요한 일이 아니면 무시하고 넘어가는 게 해결책이 될 수도 있다.

• 작은 손해라면 이를 감수할 수도 있어야 한다.

• 용서가 답일 수도 있다. 특히 부부간이나 애인 간에 자꾸 따진다면 파탄에 이를 수가 있다. 덮고 넘어가는 것이 최상의 답일 수도 있다.

결국 의심증을 해결하고 푸는 것은 내가 건강해지기 위한 것이다. 의심증에 빠지면 정신적으로나 육체적으로 망가질 수 있다. 세월 지나서 뒤돌아보면 아무것도 아닌 걸 가지고 의심증에 빠져 고통에 허덕인 경우가 많다.

그리고 인생까지 망가질 수 있다. 하던 일에 집중이 안 돼서 실패하거나 손실을 겪는 경우도 있다. 무엇보다 건강이 나빠질 수 있다.

결론적으로 의심증에 빠져있을수록 나만 손해라는 것을 기억하자.

3부

인어공주

바다에 사는 인어 공주
무엇을 먹고 지낼 까요

작은 고기
바다 해초

인어공주가 있으니
인어왕자도 있겠죠

사는 곳은 어딜까요
용궁일까요

궁금해요
인어공주가

용기勇氣

용기란 굳세고 씩씩한 기운을 말한다. 용기를 말할 때 대부분 두려움을 이겨내는 힘이라고 설명하기도 한다.

두려움이란 위기에 대한 신체적 반응으로서 잘못된 것이 아니라 당연한 것이라고 보아야 할 것이다. 위기의식을 알려주는 신체적 감지 작용이라고 봐야 하기 때문이다. 용기의 원천을 몇 가지 들어보면 다음과 같다.

첫째 용기는 희망에서 얻어진다. 절망의 상태에서 한 줄기 빛처럼 희망이 보일 때 용기를 얻어 일어설 수 있다. 불굴의 힘을 얻는 것이다.

둘째 용기는 의지력에서 얻어진다. 목표하는 바가 뚜렷할 때 그것을 의지 삼아 힘을 얻는 것이다. 불굴의 의지력도 큰 힘이 된다.

셋째 용기는 보호본능에서 얻어진다. 사람 같으면 자식에 대한 모성애가 있다. 짐승들도 새끼를 지키려는 모성애는 강하다.

넷째 용기는 영웅심에서도 얻어진다. 전쟁터에서 장군들이 선봉에 서는 용기에서 볼 수 있다.

다섯째 용기는 생존 본능에서도 생긴다. 죽음의 위기에 처했을 때 인간은 대단한 초인적 힘을 발휘한다고 한다.

여섯째 용기는 격려나 위로에서도 생긴다. 지쳐있거나 포기상태에서 진정으로 위로나 격려를 받을 때 큰 힘을 얻을 수 있다.

일곱째 용기는 누구와 같이 할 때나 여럿이 함께 할 때 더 큰 힘을 얻는다. 옛날 어느 시골에서 농부가 소를 몰고 오는 데 호랑이를 만났다. 여기에서 농부는 도망을 생각하지 않고 소를 격려하여 소뿔로서 호랑이와 대적하게 함으로써 호랑이를 물리쳤다는 일화가 있다. 같이 용기를 합하면 배가 된다는 일화이다. 전쟁터에서도 서로 힘을 합하여 적을 물리칠 용기를 다 함께 가질 때 사기가 충천하여 일당백의 마음가짐으로 싸울 것이다.

여덟째 정의감에 의해서도 용기를 얻는다. 의를 중시하는 마음에서 불의에 대항하는 힘이다.

아홉째 욕심에 의해서도 용기를 갖는다. 승부욕이나 소유욕 등에 의해서도 용기의 힘을 발휘하는 경우이다.

열째 갈망에 의해서도 용기를 갖는다. 간절히 바라는 바가 있을 때에도 용기를 발휘할 수 있다.

열한째 사랑의 힘에 의해서도 용기가 발동한다. 사랑의 힘은 위대하다는 말이 있다.

열두째 용기는 자신감에서 비롯될 수 있다. 자신감이 없다면 감히 용기 있게 나설 수 없을 것이다.

열셋째 용기는 자존감에서도 생긴다.

열넷째 용기는 자신의 방어기제로 생길 수 있다.

열다섯째 용기는 자신의 위로감에서 생길 수 있다.

열여섯째 용기는 자신의 우월감에서 생길 수 있다. 남보다 뛰어나다는 우월감이 생길 때 용기를 내서 남 앞에 나설 수 있다.

열일곱째 자신의 능력과 힘이 넘칠 때 용기를 낼 수 있다.

열여덟째 굴욕이나 치욕 앞에서도 용기가 발동할 수 있다.

열아홉째 용기는 도전정신에 의해서도 생긴다.

그 밖에도 용기를 얻을 수 있는 경우는 많을 것이다.

용기 있는 자만이 미인을 얻는다는 말처럼 용기는 우리 생활에 있어서 필수적으로 가져야 할 힘이라고 본다.

용기는 누가 그저 가져다주는 것이 아니다. 자신의 의지력과 노력 그리고 불굴의 투지에서 얻을 수 있다고 본다.

많은 군중 앞에 서서 말할 수 있는 용기는 자신감과 노력에서 얻어질 수 있다.

용기 있는 자에 반하는 것으로 겁쟁이가 있다.

여기에서는 용기에 대해서 살펴보았다.

용기란 우리에게 어떤 의미가 있는지 생각해 보는 시간이 되었으면 한다.

이별

— 노래시

이별은 버림일까 버림받음일까

필연에 의해 만나서 정을 쌓다가

서로의 아픈 줄다리기에 지쳐

서로가 아픈 줄을 놓아주니

이것이 이별이란 것이구나

슬픔과 아쉬움은 남겠지만

(1절) 후렴

시간 가면 잊혀 지게 될 거야

우리가 남남으로 돌아갔기에

(2절) 후렴

시간 가면 이해하게 될 거야

우리의 이별이 필연인 것을

정월 대보름

음력설로부터 15일(보름)이 지나면 정월 대보름날이라 한다. 음력 1월 15일에 해당하는 대보름은 한국의 전통 명절이다. 보름날을 상원 또는 오기일烏忌日이라고도 한다. 설날 세배를 드릴 수 있는 마지막 날이기도 하다.

정월 대보름날에는 부럼, 오곡밥, 약밥, 귀밝이술, 김과 취나물 등 말려서 보관해 두었던 나물을 먹으며 한 해의 건강과 소원을 빌었다.

또한 고싸움, 석전과 같은 행사와 다양한 놀이를 하였다. 마을에 따라 당산제를 지내는 날이기도 하다. 지금은 대규모로 땔감을 쌓아두고 달집태우기 행사를 농악과 더불어 성대하게 치르기도 한다.

나 어렸을 때는 음력 14일 저녁에 찰밥을 해서 집안 곳곳에 놓아두었다. 장난기 어린 애들은 이를 훔쳐다가 먹기도 하였다. 이른바 '찰밥설이'이다. 배고프던 시절이라 이 날만은 도둑으로 보지 않았다.

우리 동네에서는 당산제를 지냈다. 이때는 꽹과리, 징,

북 등을 치면서 일정한 코스를 정해 놓고 마을을 돌아다녔다. 굿을 치는 시간이 정해져 있었다. 이 시간에 맞춰 밥도 하고 음식도 차렸다.

우리 집에서는 아버지가 대나무를 베어다 마당에 쌓아 두고 불을 질렀다. 그리고 그 불 위로 뛰어넘게 하였다. 대나무가 타면서 꽝하고 큰소리를 내기도 하였다. 액을 쫓는 행사였던 것 같다. 동생들과 더불어 재미있게 불놀이를 하였다.

초저녁 무렵에는 마을 곳곳에서 불 깡통을 돌리며 논둑 태우기를 하였다. 그 불놀이가 지금 생각해 보면 참 멋있었다.

보름을 새고 15일 간은 액막이 농악놀이를 하였다. 집집마다 돌아다니며 굿을 쳐주었다. 굿을 치면 술과 음식이 나오고 돈과 곡식을 내놓기도 하였다.

대보름날 우리는 찰밥에 김을 말아서 나물에다 맛있게 먹었던 기억이 있다.

지금은 이런 행사들이 많이 없어졌다. 간간이 대보름 재현행사로만 치러지고 있다.

우리 마을은 당산제와 찰밥 차리기는 계속하고 있다. 마을의 안녕을 기원하는 중요한 행사이기도 하다.

흔적

산속 고요의 뜰에

그려진 흔적

발자국 끝에

남겨진 흔적

액자 속 작품 되어

의미를 남긴 흔적

하얀 겨울이

만들어낸 흔적

급한 일부터 처리하기

8월 초 폭염 속 온몸에 땀을 흘리면서 대금연습을 하고 있는데 갑자기 뚝뚝 나뭇잎 건드리는 빗소리가 들려왔다. 순간 아내가 아침에 일러두고 간 말이 떠올랐다. 마당에 이불을 널어놓고 나갔기 때문이다.

그러나 대금 연습하던 대목을 마저 끝내고 싶었다. 순간 아내한테서 전화가 왔다.

전화를 받는 둥 마는 둥 하면서 마당으로 뛰쳐나갔다. 하늘에 먹구름이 몰려오더니 하나둘 뚝뚝 나뭇잎에 부딪치는 소리가 소낙비가 되어 우두둑 소리 내어 떨어지고 있었다.

마당에는 이불이 두 채나 널려 있었다. 우선 이불을 걷어서 거실에 가져다 놓았다.

비는 천둥소리를 동반하며 더욱 세게 내렸다.

불과 10초 내에 이루어진 상황인데 소낙비는 이불을 가만두지 않았다. 물을 붓듯 내리는 비는 이불을 흠뻑 적

셔 놓은 후였다. 순간의 안일한 조치가 다시 이불을 빨아야 할 지경으로 몰아버렸다.

우리가 살다 보면 이런 경우를 흔히 겪는다고 본다.

옆에 사람이 와도 자기 일을 마치고서야 마주하는 경우가 있다. 급한 방문자의 사정은 중요하지 않은 것처럼 처신하는 것이다.

직장에서도 마찬가지의 경우가 있다. 아래 직원이 결재를 요구하는데 인터넷 게임에 빠져 시간을 지체한다든지, 민원인이 찾아와 도움을 요청하는 데도 자기 업무 우선으로 처리하는 경우가 있다.

고약한 상사의 경우에는 결재가 무슨 대단한 권리행사인양 시간을 지체하는 경우도 있다. 실무자는 마음이 바쁘기만 하다. 담당한 일을 신속하게 처리해야 하기 때문이다.

때로는 윗사람이 인사를 하는데도 자기 볼일에만 빠져 소홀히 하는 경우가 있어 서운한 마음이 드는 때도 있다.

내가 군 신병 때 배운 인사 방법이 생각난다.

그 당시 군대에서는 장소 불문하고 장이 나타나면 먼저 본 사람이 "동작 그만"하고 구령을 붙인 뒤 "충성"하고 그 무리를 대표해서 인사를 하게 하였다.

단체 생활에서는 특히나 개인 업무가 우선이 아닐 수 있다. 집단생활을 하는 직장인들은 많이 공감하리라고 본다.

직장이나 개인 사업에 있어서 제 때 손을 못 씀으로 인해 기회를 놓쳐버리면 손해나 손실이 발생할 수 있다.

안전사고의 경우에도 안일하게 행동하다가 사고를 당하거나 피해를 입는 경우가 있다.

우리가 생활하면서 먼저 응대해야 할 것이 무엇인지 생각해 보고 이에 즉시 대응하는 자세가 필요하다. 위험이 느껴지는 상황, 위협적인 상황, 인위적인 사고, 천재지변 등 돌발적인 상황은 우리 주위를 항상 맴돌고 있다고 보아야 한다.

이렇듯 먼저 해야 할 일을 순간이라도 미루려 하지 말고 처리하는 자세가 필요하지 않나 생각한다.

때로는 나 하나의 안일한 행동으로 여러 사람이 피해를 볼 수도 있다는 것을 생각해야 한다.

급한 일은 지체하지 말고 바로 처리하는 자세가 필요하다. 일의 우선순위에 대해서도 생각해 보았으면 한다.

초를 다투는 위급상황에서는 즉시 판단해야 하는 순발력이 요구되기도 한다.

인간은 항상 놓치고 후회하는 게 일상처럼 느껴지기도 한다. 바로 나를 두고 한 말이다.

형상

힘에 겨운듯
추운 가지 붙들고

몸을 떨고 있는
그대는 누구

겨울옷 차려 입고
추위를 이길 만도 한데

포상의 행운

지나 해 여름 장마와 홍수 산사태로 사람이 다치거나 사망하는 사고가 발생하였다. 안전에 대한 대비나 상황처리가 무엇보다 중요함을 일깨워 주는 사고였다.

나는 안전 도우미로 봉사활동을 시작한 지가 벌써 3년 차에 접어들었다. 어디 위험개소나 정비를 요하는 곳은 바로 신고 처리하는 게 내 봉사활동이다.

올여름이 끝나갈 무렵 산행을 하다 보니 큰 도로변 위의 수로가 막혀 있었다. 많은 비가 올 경우 산에서 흘러내리는 물이 큰 도로변으로 범람하여 산사태의 위험이 도사리고 있었다.

나는 위험을 감지하고 바로 신고를 하였다. 그러나 담당 행정관청에서 위치를 잘 몰라 다시 물어보기도 하였다. 나는 나름 자세하게 안내해 주었다. 며칠 후 가보니 깨끗하게 치워져 있었다.

그다음 날 기다렸다는 듯이 많은 비가 내렸다. 나는 신고

하여 처리하길 잘 했다고 생각하니 가슴이 뿌듯하였다.

연말이 되어가는 어느 날 이상한 전화가 걸려왔다. 전화를 일부러 받지 않았다. 그다음 날에는 문자로 행정안전부라며 안심하고 전화를 해주라는 것이었다. 전화통화 내용은 여름에 신고한 건이 우수사례로 선정되어 포상을 하겠다는 것이었다. 간단하게 주소를 알려주었더니 며칠 후 상품권을 보내주었다.

‘봉사활동을 하다 보니 이런 행운도 얻는 구나’ 하며 내심 기분이 좋았다. 다가오는 설에는 세뱃돈 대신 상품권을 나눠 줘야겠다고 생각하니 더욱 기쁨이 솟구쳤다.

더욱 열심히 안전 점검 봉사활동을 해야겠다고 마음을 다졌다. 안전에 대해 더 많이 공부하고 주변을 꼼꼼히 살펴보아야겠다고 마음을 먹었다.

오늘도 생활 주변을 안전 점검하는 나의 발걸음이 가볍고 힘이 난다. 그리고 봉사활동의 보람도 느낀다.

사랑의 얼굴

하트 마크에

새겨진 얼굴

사랑하는

그대 얼굴

겨울의 색채로

그려 놓았구나

겨울도 따뜻하게

그려 놓았구나

우화寓話

우화란 동물이나 식물, 기타 사물을 주인공으로 등장시켜 이들에게 사람으로서의 인격을 부여해서 만든 이야기이다. 이야기에는 이들의 행동 속에서 풍자와 교훈 등의 뜻이 담겨 있다.

우화는 도덕적인 주제나 인간 행동의 보편적 상식을 예시하는데, 대개의 경우 일상적인 지혜를 담고 있으면서도 재미있는 이야기이다.

대개의 경우 동물이 등장하지만 인간을 주제로 해도 충분히 우화물이 될 수 있다. 우화 자체가 어떤 대상을 우회적으로 빗대어 표현하는 기법이기 때문이다.

글을 쓰다 보니 우화의 인용도 속담만큼이나 효과가 있을 것이라는 생각을 해본다.

이제까지 우화는 어린애들에게 들려주는 흥미 있는 이야기 거리로만 생각하였다. 그러나 그 내용을 들여다보면 성인들에게도 많이 적용될 수 있는 이야기란 것을 알았다.

여기서 구분되는 것이 동화이다. 동화는 순수하게 어린이들에게 적용될 수 있는 이야기로 꾸며진다.

우화하면 이솝 우화를 들 수 있다. 이솝 우화는 고대 그리스에 살았던 노예이자 이야기꾼이었던 아이소포스 Aesopica가 지은 우화 모음집을 말한다. 아이소포스는 흔히 이솝으로도 알려져 있다. 이솝 우화는 의인화된 동물들이 등장하는 단편이다.

이솝 우화에는 잘 아는 동물들이 나오고 교훈이 들어 있는 이야기이다. 어린이를 위한 도덕성 교육 교재로서 전 세계적으로 활용되고 있다.

우리나라에서의 이솝 우화 소개는 1895년에 일본인의 도움으로 만든 최초의 신식 교과서 『신정심상소학』에 처음 등장했다. "새로운 이야기"라는 표제로 소개했다. 최초의 한글 번역서로 총 7편의 이솝 우화를 실었다.

지금의 우화에는 동물과 인간이 자연스럽게 대화를 하는 장면도 있다. 비단 동물뿐만 아니라 식물 등 모든 사물이 등장할 수 있으며 유명인이나 신도 가끔은 등장한다.

내 기억에 남은 우화 중에는 여우와 포도, 금도끼 은도끼, 양치기 소년, 토끼와 거북이, 개미와 베짱이, 북풍과 태양, 여우와 두루미, 고양이 목에 방울 달기, 양의 탈을 쓴 늑대, 여우와 까마귀 등이 있다.

삶의 지혜를 얻기 위해 우화 이야기도 한번은 그 내용을 음미하며 읽어 볼만한 책이라고 본다.

빌딩

하늘 맞닿을 듯
솟아오른 기둥

거대한 기둥이
우러러 보인다

인간의 한계 능력을
시험하듯 치솟은 빌딩

고개 들어 쳐다볼수록
흔들리는 빌딩

빌딩이 흔들리는 거야
보는 내가 흔들리는 거야

가능성可能性

사전적인 의미는 어떤 일이 일어날 수 있는 성질이나 정도를 말한다. 가능성을 표현할 때는 확률을 들어 말하기도 한다.

가능성possiblity은 잠재력이나 저력, 긍정적 대답이나 상태, 희망, 기대, 범위, 경우의 수, 변수 등 여러 가지 뜻으로 해석되는 경우가 있다.

우리가 어떤 문제에 봉착했을 때는 항상 가능성을 염두에 두고 해결점을 찾아야 한다고 강조한다.

어떤 일에 대비하거나 추진하려 할 때도 여러 경우의 수를 따지면서 대안을 마련하여야 한다.

만약 상대방이 공격해 온다면 공격방법이 여러 가지일 수 있다. 여러 가지 공격 방법에 대한 방어 대책이 각각 마련되어야 자신을 지킬 수 있을 것이다.

가능성은 긍정적인 단어로 우리가 즐겨 써야 할 언어이기도 하다.

어떤 일을 처리할 때 부정적인 판단이나 생각은 도움이 되지 않는다. 긍정적인 생각은 시야가 넓어진다. 왜냐하면 여러 가지 경우의 수를 생각해 볼 수 있기 때문이다. 그러나 부정적인 생각은 시야가 좁아진다. 왜냐하면 안 된다는 답이 이미 나와 버렸기 때문이다.

가능성은 예측하지 못한 사건에 대해서도 이해의 폭을 넓혀 해석이 가능하게 한다.

상담을 할 때나 상대방을 이해해 줄 때도 가능성을 열어 두면 쉽게 문제가 해결 될 수 있다.

세상을 판단할 때 "절대 해서는 안 돼"란 억측은 문제를 어렵게 하고 해결을 방해하는 결과를 낳을 수 있다. 항상 "그럴 수도 있어"란 열린 생각이 도움이 될 수 있다. 가능성을 염두에 두는 경우이다.

결론적으로 우리는 항상 가능성란 단어를 즐겨 써야 하고 생각도 열린 사고를 가져야 한다고 본다. 가능성에서 일말一抹의 희망을 느낄 수 있기 때문이다.

가능성이란 뜻은 이외에도 많은 부분에서 쓰여 지고 해석되어 지리라고 본다.

4부

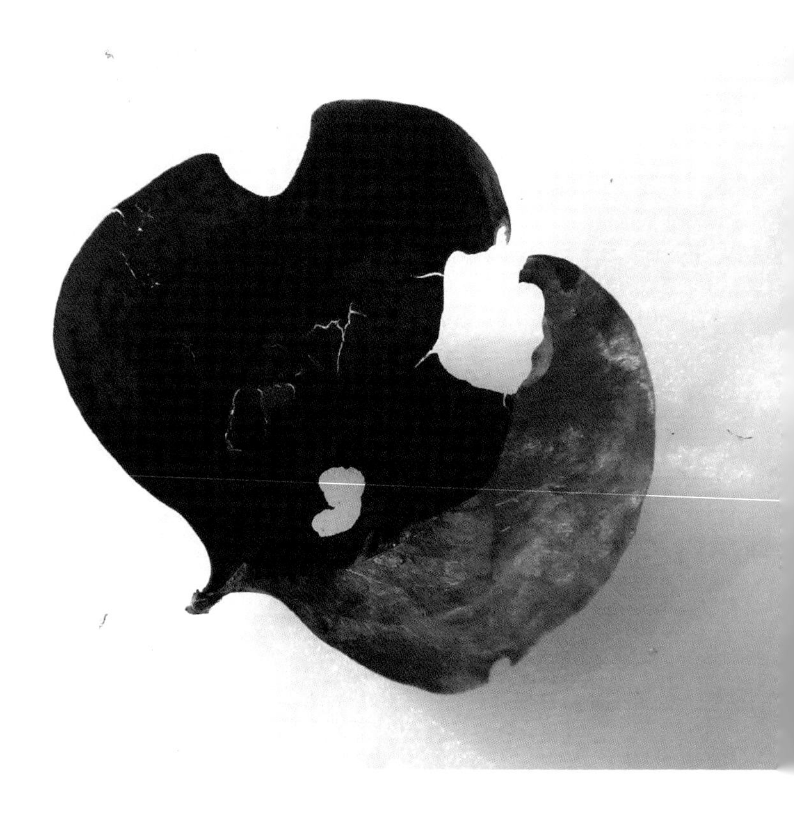

낙엽

초라한 모습 하나
눈 위에 누워

겨울을 음미하는가
추억을 그리는가

추위와 외로움에
떨고 있는 낙엽 하나

만남

우리는 세상을 살아가면서 무수히 많은 이들을 만나게 된다. 내가 원해서이든 원하지 안 든 만남이 이루어진다.

만남이 나쁜 것만은 아니다. 만남으로 인한 어울림이 있어야 세상 사는 맛이 날 수 있기 때문이다. 서로의 만남으로 인해 조화를 이루고, 용기를 얻으며, 삶의 다양성을 갖는다. 필요에 의한 만남도 있고, 의무나 강제적 만남도 있다. 만남은 선택이 아니라 필연과 악연이 혼재混在하는 것이다.

비단 사람만이 아니라, 동물이나 식물까지도 서로 어울려야 더 활기 있게 살아갈 수 있다.

그러나 만남으로 인해 고통을 호소하는 이도 있다. 잘못된 만남이기 때문이다.

사람은 누구를 만나느냐에 따라 삶의 변화를 가져올 수 있다. 속담에 "향 싼 종이에는 향내가 나고, 생선 싼 종이에는 비린내가 난다"고 하였다. 좋은 사람을 만나면 좋은 분위에 젖어 행복할 것이고 싫은 사람을 만나면 악취가 나는 것처럼 고통스러울 것이다.

산에 아름드리 자란 나무도 어떤 목수를 만나느냐에 따라 쓰임이 다를 수 있다. 대목수를 만나면 고급스러운 주택 등에 활용될 것이고, 하찮은 허드레 목수를 만나면 창고나 농막農幕 등에 쓰여 질 것이다.

만남은 우리의 선택 사항이 아니지만 때에 따라서는 통제가 가능하다. 만남이 불편하면 회피나 거절이 가능하기 때문이다. 따라서 만남과 이별은 상존할 수도 있다.

결론적으로 좋은 만남은 나의 발전과 행복을 가져다주지만, 나쁜 만남은 다툼과 고통 그리고 자신의 발전에 방해가 될 뿐이다.

우리가 만나는 주변 사람들을 살펴보면서 좋은 만남인지 생각해 보는 시간이 되었으면 한다.

눈꽃

하얀 꽃들이

솜방망이처럼 자란

겨울 눈꽃

꽃 피울 때

따스한 겨울이

느껴지네요

포근한 겨울이

느껴지고요

풍요가 나태를 낳는다

지금은 풍요의 시대이다. 대개의 경우 넉넉한 삶을 살아가고 있기 때문이다. 내가 어렸을 때는 매우 어려운 환경에서 살았다. 먹을 것이 없어서 초등학교 시절부터 들에 나가 부모님의 일손을 도와드려야 했다. 항상 배가 고픈 시절이기도 했다. 겨울에는 고구마와 무 등이 유일한 간식거리였다.

겨울밤에는 희미한 초롱불을 의지하면서 새끼를 꼬고 벼 담을 가마니를 짰다. 맛있는 고기반찬이나 떡은 제삿날이나 잔치가 있는 날에 먹는 음식이었다. 평상시에는 보리밥이나 죽 먹기가 일쑤였다.

그러나 그때가 참 인정이 많았던 시절이기도 했다. 먹을 것도 나눠 먹고 일도 같이 했다. 애경사도 같이 했다. 지금처럼 돈 봉투가 아니라 보리쌀이나 달걀, 수박, 참외 등이 유일한 부조 문화였다. 대개는 심부름을 하면서 몸으로 봉사도 하였다.

지금은 돈이면 못할 것이 없다. 먹는 것부터 입는 것 등이 남아 돌아가 음식물 쓰레기 줄이기 운동을 하고 헌옷 수거함을 비치하여 모으기도 한다. 이사하고 난 집에는 가구 등의 쓰레기가 수북하다. 버리고 가는 물건들이다.

예전에는 좋은 옷을 한 벌 장만하려면 한 달 치 봉급을 써야 했다. 옷이 비싸서 형이나 언니 옷을 물려 입고, 갓난아이나 아이들 옷은 의례껏 이웃끼리 물려주는 것을 미덕으로 생각 하였다.

예전에는 일자리가 없어서 힘든 일, 지저분한 일 등을 가리지 않고 일자리를 찾았다. 그러나 지금은 알바 같은 편한 일자리를 선호하고 힘들고 지저분한 일자리는 있어도 피하는 세상이 되었다. 인건비가 치솟아 사람 쓰기가 어렵다.

지금은 어딘가 모르게 나태해지는 것을 느낀다. 그리고 이기적으로 변해가고 있다. 이웃을 경계하고 힘든 일은 외면하면서 사회적인 불만은 왜 그리 많은지 모르겠다. 풍요로운 생활의 나태에서 벗어나 부지런하고 근면한 세상이 되었으면 하는 바람을 해본다.

고드름 울타리

눈 녹은 물줄기
겨울 입김으로

훅 불어 넣더니
수정으로 엮어서

고드름 울타리로
겨울을 지키고 있다

내가 바뀌어야 편하다

세상을 살다 보면 마음에 거슬리는 일들을 많이 보게 되면서 가슴 아파한다. 대화 중에 그것들에 대하여 해명 아닌 변명이나 설명도 해 보지만 상대방이 받아주기란 극히 어렵다. 이미 생각이 굳어 있기 때문이다.

이렇게 서로 의견이 틀어지면 작은 다툼이 일어날 수 있다. 때로는 큰 다툼으로 번질 수도 있다. 내 생각이 절대적으로 맞는다고 생각하는 오류에서 생기는 일이다,

이때 상대방을 이해시키려고 노력하면 할수록 더 반감만 살 우려가 있다. 그리고 혼자 애를 끓인다. 요즈음 흔히 볼 수 있는 것이 정치 이야기나 종교 이야기, 이념에 관한 이야기가 그 주류를 이룬다. 어떻게 된 것이 먹고 사는 이야기가 주류가 아닌 것이 안타깝다.

다툼은 서로를 불편하게 만들고 관계가 멀어지는 효과를 가져올 수 있다. 생각이 다르다면 만남에 있어 사사건건 부딪칠 수 있기 때문이다. 서로가 상처받고 마음 아파

하느니 안 보는 게 낫다고 생각하기 때문일 것이다.

어떤 행동이나 대화에서 거슬리는 것을 보거나 듣는다면, 먼저 상대를 이해하려는 마음가짐을 가지도록 노력하여야 한다. 내가 마음 아파한다고 해서 상대가 알아줄 리 없다. 나만 애달아 하고 상처받을 뿐이다.

세상 사람들이 사는 방식이나 생각하는 방식이 다 다름을 이해해야 편하다. 그러나 지금의 현실은 그것이 부족하다. 내 생각과 다르면 적이나 다름없이 대한다. 그리고 저속적인 말을 거침없이 퍼붓는다. 비아냥거리기 일쑤이다.

세상을 바꿔야겠다고 무고한 인명을 학살한 세계적인 인물들도 있다. 역사가 버젓이 말해주고 있지 않는가.

세상을 바꾸려고 하기보다는 내가 바뀌어야 편하다고 본다. 저마다 다름을 인정해 주자는 것이다. 그리고 여러 사람이 원하는 바대로 따라 살면 무리가 없다고 본다.

민주주의 국가로서 중의를 모아야 하고 결정된 사항에 대하여는 그에 따라야 한다고 본다. 결정된 사항에 대해서는 생각이 다르고 다소 불편하더라도 감내해 내야 하는 것이 바로 민주시민의 자세가 아닌가 생각한다

겨울 추상

겨울 호수에

짐승들처럼

얽혀 움직이는

무리들 잡아

겨울 추상 한 폭

만들어 볼까

복조리福笊籬

우리나라의 진짜 설날은 매년 음력 1월 1일(정월 초하룻날)로 우리 민족의 최대 명절이다.

설날에는 음식을 장만하여 차례도 지내고 아침부터 식구들과 떡국을 먹었다.

식사를 한 후에는 한복으로 갈아입고 식구들 간에 세배를 하였다. 당연히 세뱃돈이 나왔다. 이날은 수입을 잡는 날이기도 하였다. 손님을 받기 위해서 식구끼리는 아침 일찍 세배를 나누기도 하였다.

집에서 세배가 끝나면 성묘를 다녀왔다.

다음에 이웃이나 친지를 찾아 세배를 하였다. 세배를 다니면서 재수 좋은 날은 세뱃돈을 받았다. 그렇지 않으면 맛있는 음식을 한 상 대접받았다.

그때는 먹고 사는 것도 어려운 시절이라 음식 대접은 대단한 것이었다. 친지들과 덕담도 나누고 안부도 주고받았다. 어른들에게는 선물을 전달하기도 하였다.

여자들은 한 상 차려서 들고 다니면서 어른들을 뵈었다. 다시 그 집에서 상을 차려주기도 하였다.

지금은 이런 민족행사가 없어지고 식구들끼리 여행을 가거나 간단하게 설날을 보내는 추세이다. 점점 사려져 가는 설 풍습이 아쉽기만 하다.

설날 행사의 하나로 설날 새벽부터 조리를 사서 부엌, 안방, 마루 따위의 벽에 걸어 놓고 한 해의 복을 빌었다. 그래서 명칭을 복조리라 불렀다.

복조리는 아침 일찍 살수록 길하다고 여겼다. 이를 노린 복조리 장사가 꼭두새벽부터 각 가구를 돌며 조리를 팔았다. 복조리를 살 때는 가격을 깎거나 물리지 아니하였다. 복을 깎는다고 생각했기 때문이다.

조리는 쌀을 이는 도구이므로 그해의 복을 조리로 일어 얻는다는 뜻이 있다.

조리는 당시 부엌의 필수품이었다. 조리는 1년 간 소요될 만큼의 수량을 사서 걸어놓고 필요할 때 하나씩 빼서 사용하였다.

조리는 대나무를 가늘게 쪼개 엮어 만들었으며 판매는 정월 초하루 전날 밤부터 이루어졌다.

우리나라 조리의 대표적인 생산지는 보은, 담양, 원주, 서산 등지였다.

구입한 복조리에는 성냥, 엿 등을 담아 놓고 그 해 복을 기원하기도 하였다. 지금은 조리를 쓸 일이 없어 골동품이나 장식용품으로 사용되고 있다.

올해의 설을 어김없이 맞이하면서 설과 복조리의 의미 살펴보았다. 새해 복 많이 받으시길 바란다.

한 해를 보내며

한 해의 마지막 날

해변의 노을을 새삼스럽게 지켜보며
한 해 마무리를 생각해 본다

지난 일들은 끝남이 아니라
연속이란 것을 느낀다

한 해의 아쉬움을
저 노을에 실어 보내고

다음 해에 희망을 실어
소원성취를 기도해 보련다

눈꽃

김영성 작품집

초판 1쇄 발행 | 2024년 2월 1일

지은이 | 김영성
사　진 | 김영성
펴낸이 | 고미숙
편　집 | 구름나무
펴낸곳 | 쏠트라인saltline

신고번호 | 제 2023-000138호
신고연월일 | 2016년 7월 25일
주　　소 | 04549 서울특별시 중구 을지로18길 24-4, 404 (인현동1가)
전자우편 | saltline@hanmail.net

ISBN : 979-11-92139-54-8 (03810)
값 : 10,000원